HERTA MÜLLER

Im Heimweh ist ein blauer Saal

CARL HANSER VERLAG

DAS ECHO IM KOPF

Kurz nachdem ich aus Rumänien kam, war ich viel unterwegs. Ich wollte mich bei Freunden melden und suchte in den Orten, wo ich gerade war, nach Postkarten. Aber auf den schwarz-weißen Karten standen dümmliche Sprüche, die witzig sein wollten. Und die Ansichtskarten hatten so grässlich missratene Farben. Schon der Himmel war auf allen ein dickes Blau, die Bäume ein dickes Grün, die Dächer ein dickes Rot.

Eines Tages kaufte ich weiße Karteikarten, einen Klebestift und fing an, im Zug oder im Flugzeug, als man noch die Nagelschere mitnehmen durfte, aus der Zeitung Fotos und Wörter auszuschneiden. Auf eine Karte klebte ich dann das Bild und ein paar Wörter: DAS STÖRRISCHE WORT ALSO, oder WENN ES EINEN ORT WIRKLICH GIBT STREIFT ER DAS VERLANGEN, oder DIE TASCHENDIEBIN DIE BIN ICH.

Spielereien. Ich war verblüfft, weil einzelne Wörter eine ganze Geschichte erzählen können. Weil ein paar Wörter etwas Rätselhaftes hergeben, weil das Wenige noch allerhand suggeriert – eine ganze Geschichte geht weiter, merkte ich, gerade weil sie nicht auf der Karte steht. Mit der Zeit wurden die Texte immer länger. Es entstanden Geschichten aus verschiedenen Farben und Schrifttypen. Überall haben Wörter gewartet, ich habe sie nur ausschneiden müssen. Sie waren außerhalb von mir, ich musste nicht wie beim Schreiben im Kopf nach ihnen suchen.

Die Texte klingen, weil die unterschiedlichen Farben die Wörter tönen und die unterschiedlichen Größen ihnen eine unterschiedliche Stimme geben. Auf jeder Karte steigt der Text mit dem Bild auf eine Bühne, jede Karte inszeniert ihr kleines Theater.

Und der Reim kommt noch dazu. Aber man darf ihn der Collage nicht ansehen, er darf sich nicht vordrängen. Obwohl er der Motor im Satz ist, müssen die Sätze so klingen, als ob sich der Reim von selbst ergeben hätte. Er hat für mich eine große Intimität und er hat ein Mitspracherecht. Er kann trauern, zwinkern, er kann sich auch über den ganzen Text lustig machen. Er bestimmt Takt und Rhythmus, weil er Zeilen zusammenbindet und er trägt den Klang. Er ist wie ein Wächter, aber er ist auch ein Schelm, einerseits diszipliniert er, andererseits katapultiert er den Text, wohin er will. Er ist völlig unberechenbar und verlangt von mir Sätze, von denen ich kurz davor noch nichts ahnte. Ich wundere mich oft, wie lange ein kleines Wort nachklingt. Es ist ein Echo im Kopf.

Bald fing ich an, auch zu Hause Wörter auszuschneiden. Ich legte sie aufs Hackbrett, damit man sie, wenn wir essen wollten, aus der Küche wegtragen kann. Doch Wörter expandieren. Deshalb musste ich einen großen Tisch für sie benutzen, einen quadratischen, um den man herumgehen kann, damit man sie alle sieht.

Zwei Jahre hatte ich diesen »Wörtertisch«. Die Wörter wurden immer mehr, sie lagen fingerdick und wurden mit der Zeit so staubig, dass ich sie nicht mehr benutzen konnte – der Staub verschmierte sich beim Kleben. Ich musste tausende Wörter, von denen ich mich nicht trennen wollte, wegwerfen. Das waren auch unzählige Stunden Arbeit, die ich mit dem Ausschneiden zugebracht hatte. Die Wörter mussten nun in »Wörterschränkchen« mit Schubladen. Und in den Schränkchen mussten sie alphabetisch geordnet werden, damit ich weiß, wo ich das Wort finde, wenn ich es brauche. Von einer praktischen Notwendigkeit zur nächsten ist aus dem Ausschneiden und Sammeln von Wörtern eine regelrechte Werkstatt geworden. Denn bald gab es dann auch noch eine Schublade für Eigennamen, eine für Artikel, eine für Präpositionen.

Beim Ausschneiden zeigen die Wörter mir ihre Bestandteile. In vielen deutschen Wörtern sitzt was Rumänisches drin, in Frankfurt ein rumänischer Diebstahl – »furt«. Und in rumänischen Wörtern sitzt oft etwas Deutsches, »pur« in »iepure«, dem rumänischen Hasen. Ist es nicht seltsam, wie viele Wörter sich unauffällig in anderen Wörtern verstecken? Wenn ich das T am Ende abschneide, wird aus der Landschaft ein Landschaf, aus der Schirmherrschaft ein Schirmherrschaf. Das Wort Jahrhunderte schneide ich immer als Reserve aus, weil Hunde mit kleinem Anfangsbuchstaben drin sind. Die kleingeschriebenen Hunde brauche ich oft, daraus kann ich dann einen zusammengesetzten Hund machen, Sommerhunde oder Heimwehhunde. Und in Herzkrankheit ist ein fertiger Herzkran drin.

Wenn ich in meine Schubladen schaue, denk ich mir, es gibt Wörter, die das Gedränge lieben, und solche, die solitär bleiben möchten. Das hängt von ihren Anfangsbuchstaben ab. Die mit einem G oder einem S oder einem U sind so häufig, sie liegen fingerhoch bis zum oberen Rand der Schubladen. Für mich heißt das, sie sind frech und lieben das Gedränge. Mit anderen Buchstaben – mit H, I, L oder P – sind meine Wörter seltener, und mir scheint, sie sind scheu lieber mit sich allein. Es hat mit der Anzahl in der Schublade zu tun, nicht mit dem Inhalt. Die Eigenschaften des Wortes widersprechen manchmal sogar dem Inhalt. Das Wort Herde zum Beispiel ist eher ein Solitär, ich glaube, es drängt sich nicht gerne.

Zudem sind die ausgeschnittenen Wörter alle verschieden, jedes Wort ist ein anderer Gegenstand, vielleicht sogar ein Individuum. Das Aussehen, die unterschiedliche Größe, die Farbe, die Schrift sind für die Collage genauso wichtig wie die Bedeutung des Wortes. Im Grunde ist die Individualität der Wörter, die beim Tippen immer gleich aussehen, das Fesselnde an der Kleberei. Nehm ich ein gelbes Schachbrett oder ein grünes, oder ein großes Wort, das den Text dominiert, oder ein kleines, das sich verstecken möchte. Das lässt sich nicht voraussehen. Es hängt vom Gesamtbild der Collage ab und von den Wörtern, denen ich begegne.

Je länger ich mit den Wörtern arbeitete, umso länger wurden die geklebten Texte. Es ist für mich mittlerweile selbstverständlich, mit gefundenen Wörtern zu schreiben. Weil sie aus ganz verschiedenen Zeitschriften kommen, macht ihre Unterschiedlichkeit die Texte sinnlich. Es ist der intensivste Kontakt mit Sprache, weil man jedes Wort einzeln anfassen muss. Überhaupt ist diese Arbeit sinnlich. Und sie ähnelt in vielem dem wirklichen Leben: der Zufall, durch den sich die Wörter treffen. Mehr als die Fläche der Karte bietet, geht nicht drauf. Was einmal festgeklebt ist, kann man nicht mehr ändern. Manche Wörter habe ich nun seit Jahren, und man sieht ihrem Papier an, dass sie alt geworden sind. Manchmal glaube ich, dass auch sie in ihren Schubladen warten, wie ich an den Bahnhöfen; dass sie endlich in einen Text einsteigen möchten. Andersmal glaube ich, dass sie froh sind, wieder mal davongekommen zu sein und in der Schublade bei den andern bleiben zu dürfen. Denn eigentlich habe ich sie ja gerettet.

Die ganze Kleberei hat womöglich mit meiner früheren Zeit in Rumänien zu tun. Dass es unzählige bunte Zeitschriften gibt, so gutes Papier, so viele Texte, die nur flüchtig gelesen und schon weggeschmissen werden – das alles kannte ich in Rumänien nicht. Es gab nur graue, nach Schmieröl stinkende Staatszeitungen, sonst nichts. Schon vom Umblättern kriegte man schwarze Finger.

Früher musste ich das Geschriebene heimlich von zu Hause wegtragen und bei unverdächtigen Bekannten verstecken, weil ich Angst vor Hausdurchsuchungen hatte. Dass ich heute zu Hause hunderttausende Wörter besitze, halte ich für ein Glück. Und wenn ich unterwegs bin, wo ich seinerzeit angefangen habe, die Collagen zu machen, denke ich oft daran, dass die Wörter auf mich warten. Dass sie offen herumliegen dürfen, ist für mich ein Ausdruck von Privatheit, von Ungezwungenheit, sogar von persönlicher Freiheit. Denn Wortbesitz im Überfluss ist das Gegenteil von früher, von Zensur.

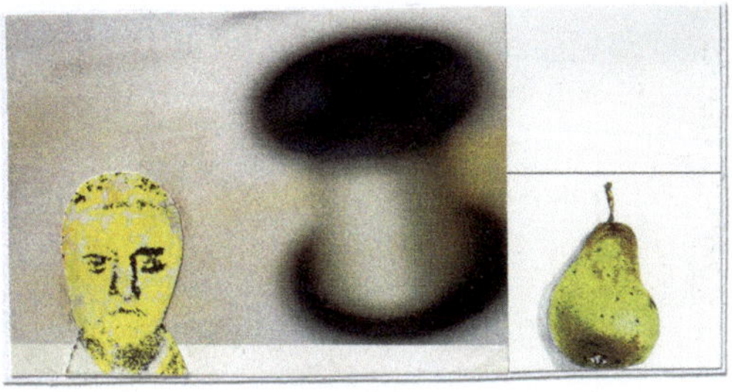

und in der ersten Person

Singular wohnt der

durchsichtige Narr,

der Beamte sagte Heimweh
lädt Schuld auf sich nimms nicht
persönlich ZEHEN Aus
Perlmutt IM heißen
Schnee GEHEN auch ohne
MICH flüsterte ich

ES gab stille Sätze mit
Pupille UND MÜDE mit
Kaderschmiede die hölzernen
Sätze FINGEN AN mit
einem Umgehungsplan

FRÜHER flog DER VERRAT noch
frei wie Sommerstaub
später kroch er über DIE
HAUT nach DEM Gesetz
DER Rosenlaus – still
BITTERGRÜN und sehr intim

alles hatte seinen EIGENEN König
das Mehl IM BROT und DAS
BROT im Mund der WEISSE
Fußboden im Schnee der Soldat
IN der Watteuniform vermutlich
auch DIE schwarze Lacktasche
in der Innenstadt die schaukelte
an der Hand der Nachbarin
als wäre gar NICHTS drin,

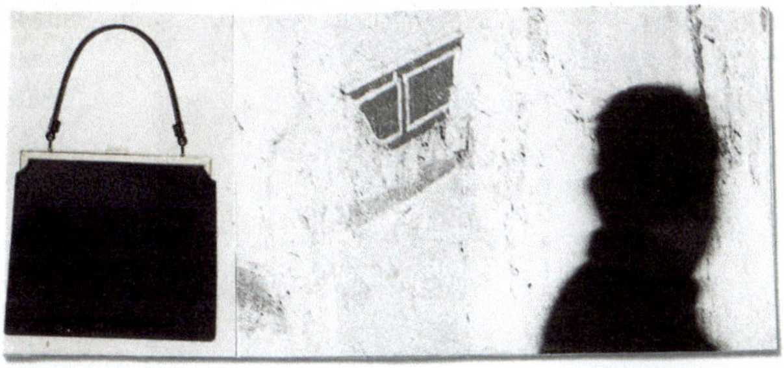

ICH fuhr ans
Stadtende zur
Kartenlegerin
Sie sagte
du verlässt EIN verrücktes Land
ES folgen dir als freier Mensch:
EIN dreister Zufall, ein feldgrauer
WIND und DIE normale
Koffertrauer Sie log für Geld
aber ich glaubte ihr blind

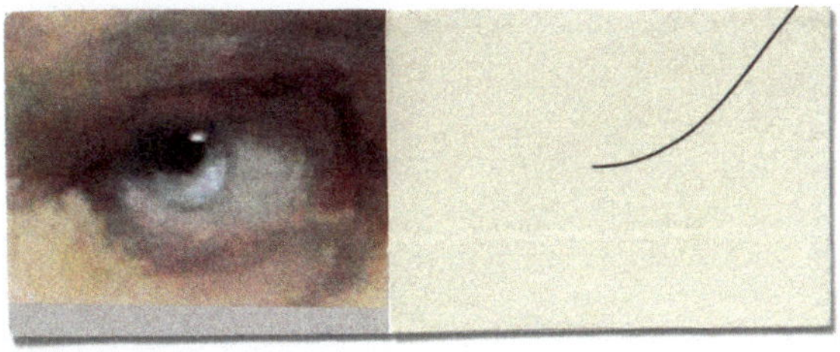

DASS IM Augenweiß
sehr schnell der SAMT
abkühlt, mehr mein ICH
nicht mit Fertigsein

AUF einmal springt UNS der Verstand AUS DER Stirn und versteckt sich in einem RISKANTEN Gegenstand IN einer Brosche oder Textilie innerhalb DER Familie oder beim NACHBAR IM Haus daneben – oder sogar IN einem Koffer AUS dem Land hinaus. Es soll solche Fälle geben,

ABENDS KAM die Kuh
nach HAUS UND zog
schon im GEHEN IHRE
Flecken aus EIN paar
davon sah MAN BALD
IM HIMMEL STEHEN

der LEITFADEN
DER Spinne
ist ein Kreis
und FOLGT
einer fixen idee UND
hinter der JALOUSIE IM
Augenweiss legt sich
die Pupille in den Schnee

DER Beamte sagte JEDER hat
den Schädel voller HEIMAT
doch DIE wohnt AM HORIZONT
heißt ALSO dass der leichte
Vogel beim SITZEN zuckt
ich sag DIR wieso ER
hat sich beim Fliegen am
Himmel verschluckt

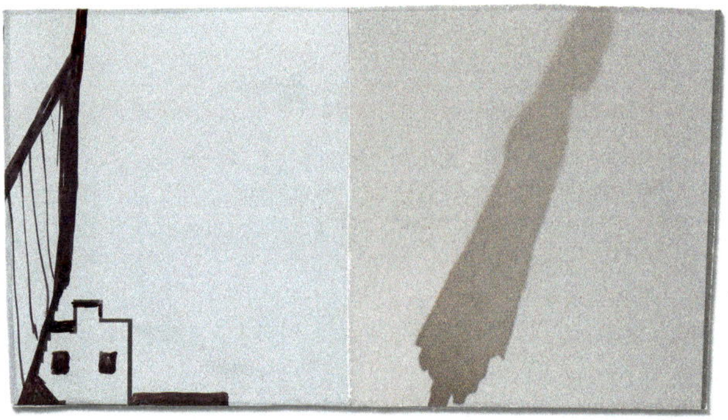

EINE Heimat
MIT Straßen ohne
Erde IM ATLAS AUS
GRAS wär doch WAS

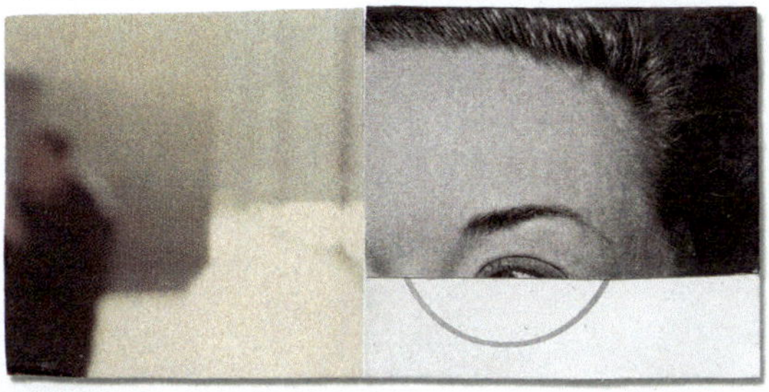

Sonne wie Narrenmond
IM KUPFERKLEID IN dieser
Stadt heißt DIE staubige
glattgebügelte Melancholie
GEGENWART ALS ich
KAM WAR ICH ANDERS
seit ich BLEIB werd ich
langsam wie Sie

man sieht, WIE
die Wahrheit im Kopf
ihre eigene WOLKE
und IM MUND fremde
Koffer zieht

das Bellen in den
Hunden die TÜREN IN
den Straßen nennen WIR
Aufenthalt hier in der Stadt
Mutter GING leider EINE TÜR
weiter die Nacht WIRD
DIE ZITRONE fressen die
SIE ihr gestohlen hat

es gab ein Jahr
DAS dorf groß IN
den Bäumen
hing und hing
und nicht verging… und dann
KAM ein anderes JAHR DAS
noch dasselbe doch Mitte
JUNI schon zu Ende war an
einem Kaltmorgen färbte sich
meine Unterlippe indigo
wie Pflaumen reifen und
blieb auch so

im Winter sind DIE
NACKTEN Birnbäume
Geschwister
im SOMMER
EINZELKINDER

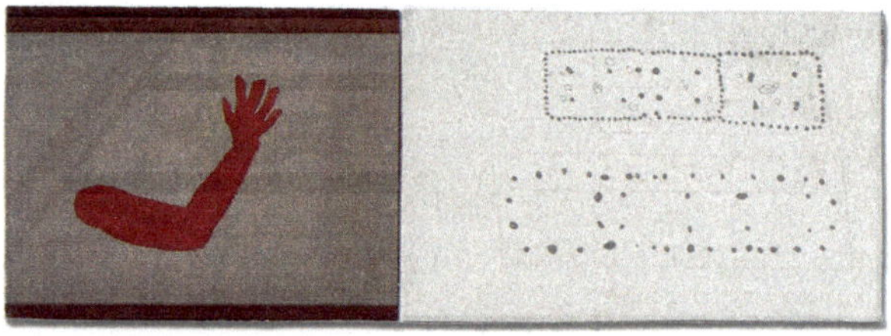

AN DER Kirsche wird
sich NICHTS ändern nicht
der Zischlaut nicht der
Zucker im Haus nicht DER
LACK auf der Kopfhaut. Sie
IST eine Fremde glaub MIR
nur ihr STEIN ist VON hier

was uns so
verletzlich macht die Stahlfarbe
der Taube die Heimat
UND IHR MINISTERIUM
der Gefühle AUCH das
gescheitelte PELZHAUS
der Nacht

Jedes Sandkorn
IST müd und
die Vorstadt wie
ein Schachbrett und DER
Sommer der betrunken und
verwirrt wie Honig glüht
Keine Haustür sieht
wo wem was geschieht

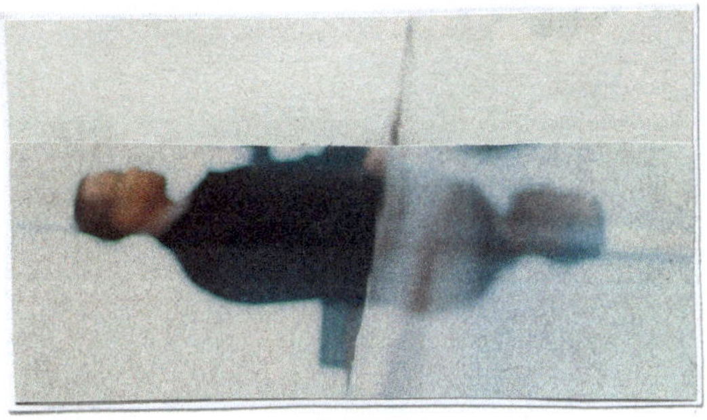

BLAUES UNKRAUT der
Ängste im Mundhunger im
Augenhunger im Herzhunger
wächst DAS längste

DIE große Melancholie
ist wie EIN Kirschkern aus
Blei DIE mittlere WIE
EIN trinkendes TIER die
Kleine wächst wie EIN
Gebäude in MIR

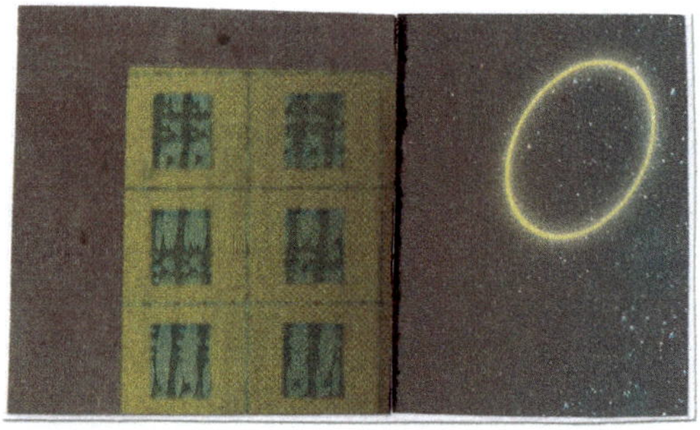

Ich werde

dir ein Haus

aus Atemzügen

IN einer

durchsichtigen

Straße MEINER

SCHLÄFEN bauen muss ABER

aufpassen DAHINTER SIND

2 Augenbrauen

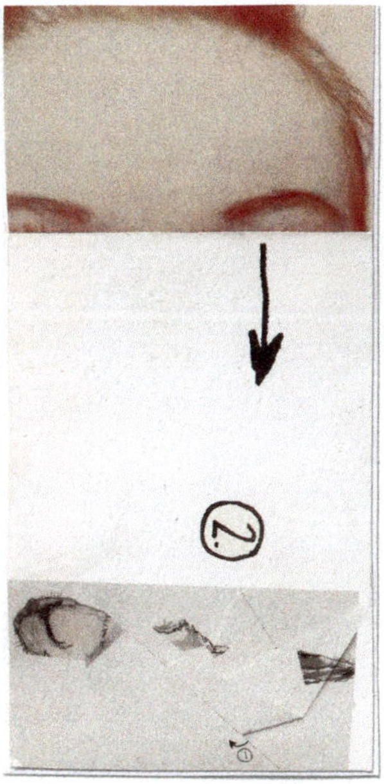

DIE Gesetze DER FLUCHT hat
ein FELDHERR gemacht ABER
dann hat DER FASAN
MIT der Heimat IM Hals
sein Rätsel aus Tierhaut
gebaut also bleiben WIR

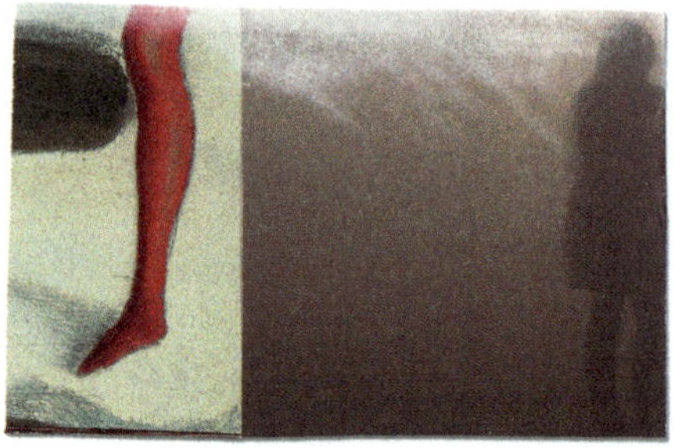

Und AN DER ECKE
GELINGT der kleinen
Straße DIE Kunst der
Krümmung einer Kaffeetasse

ALS sich der Tag unter DIE
HÄUSER bog erschien ein
kopfverdrehtes Hündchen
DAS EIN Schwarzkissen
über die Gegend zog

Das Chamäleon und
der Keks-Spion spielten
hinter MEINEN Schläfen
SCHACH und IN DER LEITUNG
sprach der Jalusien-Dirigent
mit dem Etagen-Ingenieur
viele Familien sagte er heizen

mit Zement ab
Oktober wird der
HIMMEL SCHWER

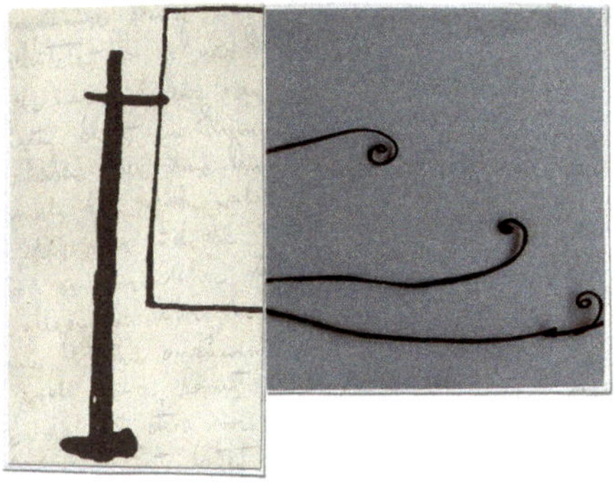

kam ein Wind so
FRISCH WIE Milch
SO ALT WIE Lehm,
wurde anschmiegsam und
SAH mich von innen an

Der Hund wird den
Sommerstaub ZIEHEN und
das Zwergpferd WIRD
bellen und die ZEIT
wird gaffen und DIE
Hälfte der LAGE infrage
stellen Und?

gegen den HUNGER erzählte die Mutter mir und dem Bruder als Kind ein großes STÜCK Brot DAS überall aufhört UND nirgends beginnt

wie die Angst im wilden
Lachen blüht WIE
die kleinste Ader mir
das WACHSTUCH
AN den Schläfen
tätowiert

ICH werd BALD packen
gar nichts sagen, außer
der WALD wird GELB
und das Essen kalt

wo ich AUSSER
DEM steiner nen Sommer
und meinem leichten
Koffer NIEMANDEN kenn
MUSS ICH niemanden
LIEBEN geschweige denn

in einem LAND hat der
Wind eine PFEIFE im MUND
im anderen eine Treppe IM
Haar die nie eine war das
hat nichts ZU tun MIT Heimat
die Grenze ist ein gewebter Stoff
aus Draht DAS Schicksal riecht
nach ALTEM Pelz und schmeckt
NACH Kaltem Zufall

zuletzt FRAGTE
DER Polizist was meine
Eltern machen ich sagte
dunklen Mokka trinken
Rädio hören und
den Schnee anlachen,

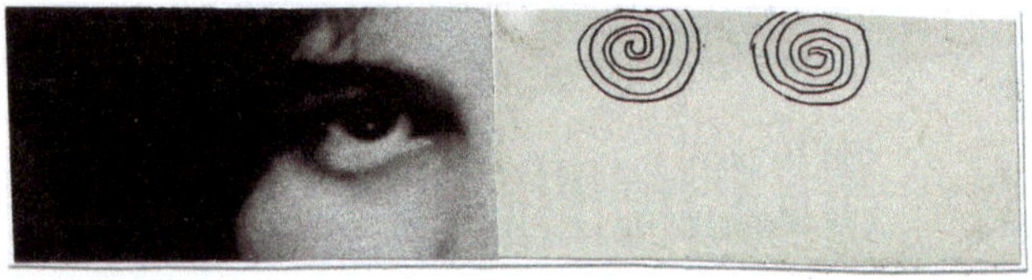

um Mutters Hals das
PERLENCOLLIER und
DIE kalten Kugeln der
Soldaten und die Trauer
DER KASERNEN UND
DAS HAUTALTER der Zeit
und das FLÜSTERRAD
der Einsamkeit

als sie den Koffer
zum Bahnhof trug hielt
MAN sie fest NUR die
Angst aus dem Hals
stieg in den ZUG

SELBST das Reh
mit den seidenen
Augen UND aufrechten
KÄMMEN ist nur
ein TASTENDES MÖBEL
im Schnee

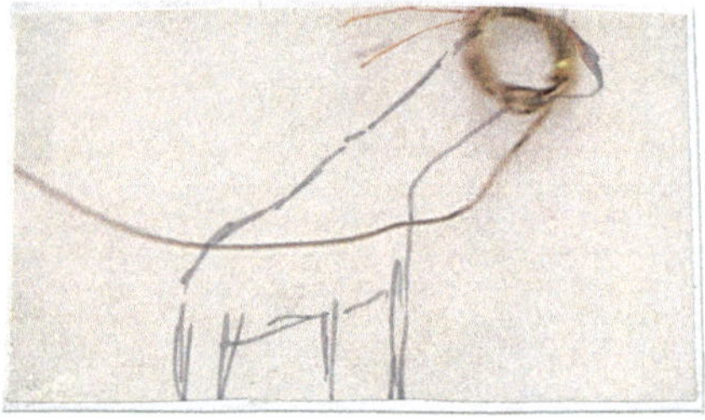

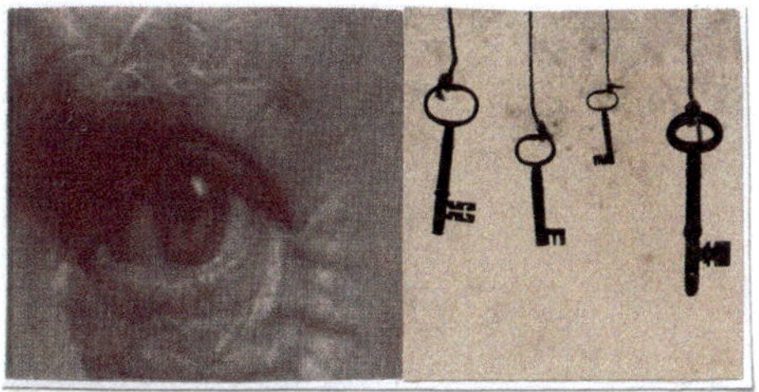

der Wahrsager hat ein
GLASAUGE aus dem Krieg
MAN sagt es IST fingerdick
– und dass er damit noch
besser SIEHT MAN zahlt in
bar ER nimmt nur PAPIER
das noch NIE gefaltet war

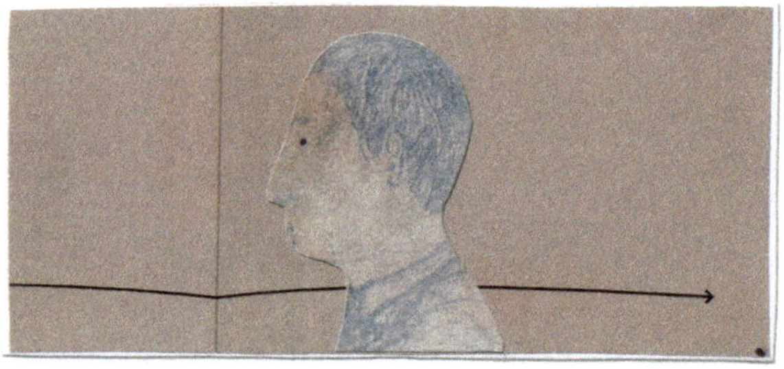

schon in DER ersten
Ruhe nach DER FLUCHT
wirst du EINSAM
Heimwehgift hängt wie
der GERUCH einer toten
KATZE in der Luft

einmal war ICH traurig WIE
der warme Zucker der Birne
einmal wie der kalte Zwirn
DER Sterne KENNST DU
den unteren Rand der Tat die
man noch nicht
begangen hat
DAS ist kein
SCHERZ hat
jemand gesagt

Heimat ist ein zärtliches
Gespenst WIE Schilf IM
WIND wieso erfindet sie die
BLAUE Geometrie in dem
Moment, wenn SIE
mich nicht mehr kennt

einmal WAREN Meine Füße
eingeladen und gingen ohne
MICH *in ein* Dorf VOR jedem
Haus *stand* EINE Waage
mit einem KAMM und einem
Hasenfell Pfützen spiegelten
DIE gesparte Zeit toter Soldaten
jemand sagte OBEN reifen die
Birnen schnell

alle hatten
ihren kleinen
Akrobaten
im Haar ER
War zwar anschmiegsam doch
uns war klar, egal WIE Wir
IHN fliehen oder streicheln
er kann DEM HIRN das Herz
hinter den Schläfen wie einen
toten Vogel zurückreichen

Land wie EINE dünne
BROTSCHEIBE ich sollte
fort VON hier und
BLEIBE Zeit ist EIN
spitzer KREIS ICH WEISS

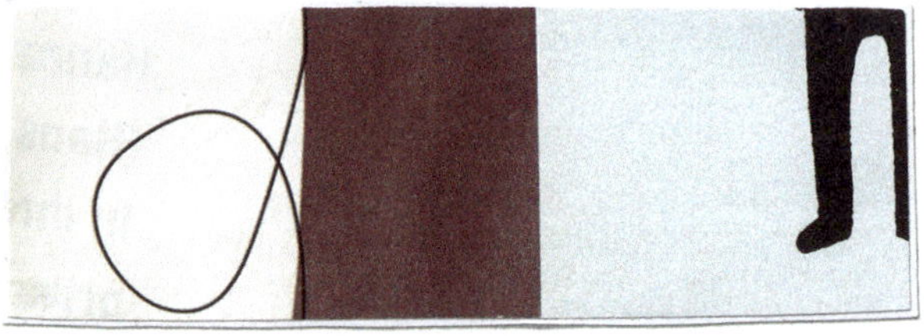

Der Nebel stellt seine
TASCHE ins TABAKFELD die
Schlange IHRE Tasche in den
Sand der Wind stellt seine
Tasche in EIN anderes LAND
der Tod seine TASCHE ins Leben
der Nachbarin kann sein dass
ICH in jeder Tasche bin

zeitweise KROCH DAS SCHLÜSSELLOCH DIE TÜR hoch es war eine KARIERTE AMEISE

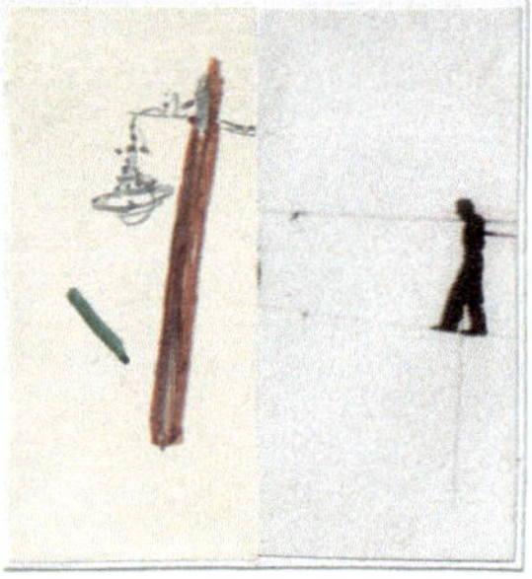

gleich um die Ecke
des Abschieds
ist DIE Nacht zu vierh
weil die Erde mit
der Bahnhofslaterne und
der Himmel mit
der Zitrone jongliert

AM Weg die
große Spule drin *sitzt* ein
blitzgescheiter SCHNEIDER er
näht und näht man weiß
nicht was mir ist das LAND
SO fremdbekannt *die*
Zeit hat kurze Ärmel wär
FAST ein Sommerhemd
aus Gras

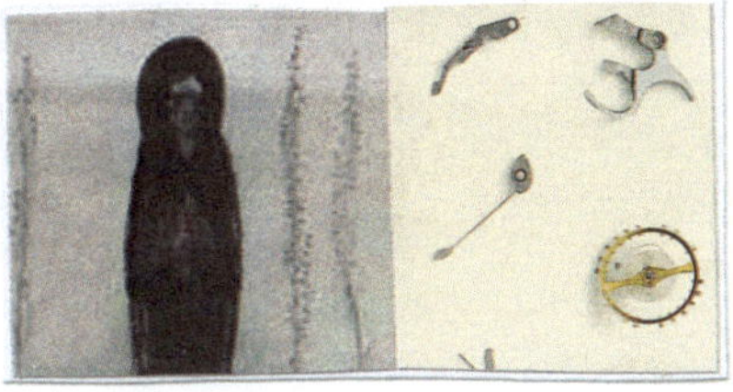

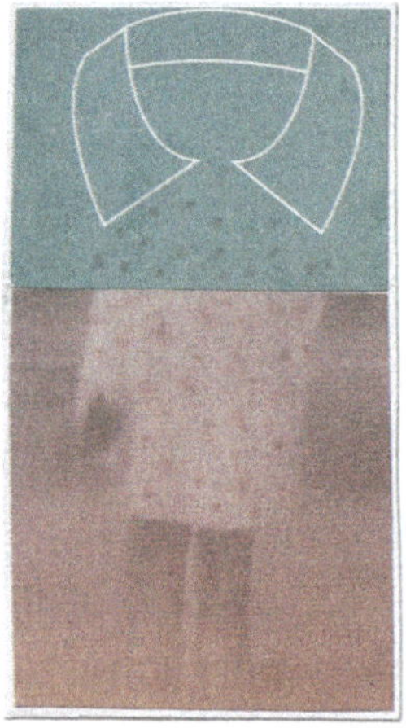

Mutter schrieb,
der Himmel
ist EIN Sieb
UND schneit EIN
Tupfenkleid von dem
nichts übrig bleibt DAS wäre
schon genug ABER es ist
mein LIEBLINGSKLEID DAS
ich lange Jahre trug

Schnee wird

NIE EINE JAHRESZEIT

sondern schleichende

Maßarbeit

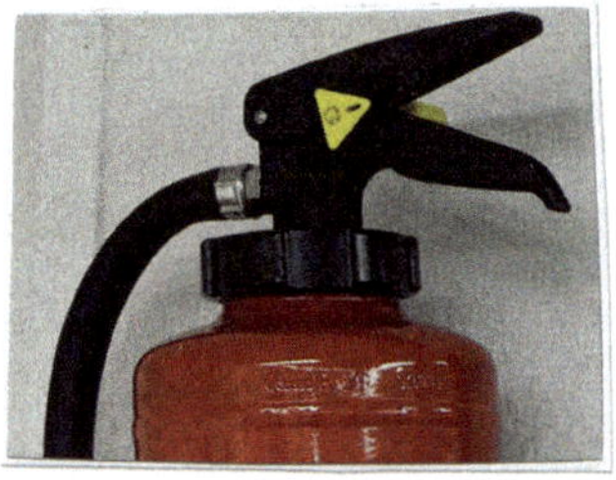

wenn man sich einen Kaffee holt dann
denkt man SCHAU AN da hängt
mit einem schwarzen Schnabel
der Feuerlöscher wenn er weg wär
wär die Wand leer MAN
würde ihn vermissen, kann ABER
nicht abschätzen, wie sehr

in unseren
mittleren Jahren
haben Gräser
den Sommer

AUF ihren bleichen langen
biegsamen ARM genommen und
DIE Kleinstadt ZOG fort –
wir staunten und
ließen SIE ziehen sie
war sowieso NUR geliehen.

an jedem BAHNDAMM
wächst ein anderes
GRAS und der Frost sperrt
jedes WASSER unter
dasselbe Glas und alles
was mir nicht gelingt
FINDET DER Wind

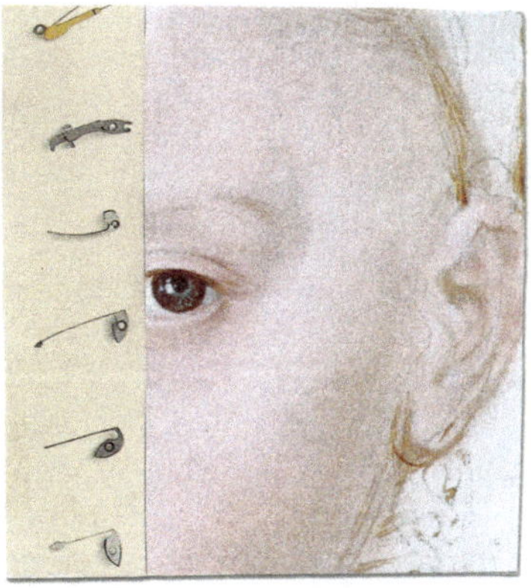

ich

frag

mich

OB der SOMMER auf

dem Asphalt der

Schwalbe DAS weiße

HEMD bezahlt

beim Wolkenzählen war
das Fremdsein so groß
beim Kartoffelschälen klein
und GRENZENLOS

Die Tage SIND
dem Kopf zu GROSS
DAS AUGENWEISS ist
kein Quadrat
DER Himmel
fällt vom
Pferd herab

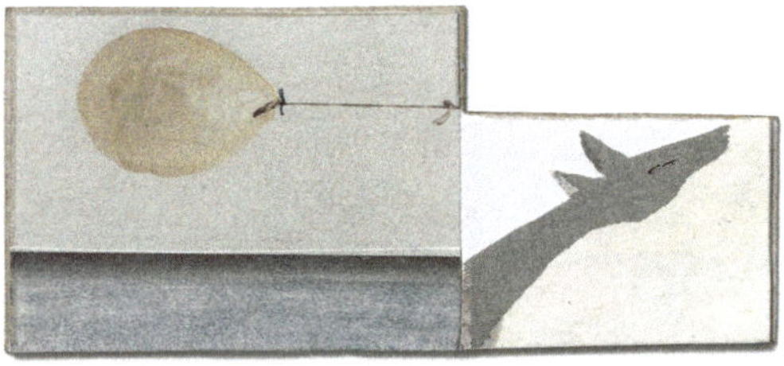

ein Wind
zieht fein gesiebt DURCHS
Kornfeld und der Weg durch
die Instanzen die Beamten
sagen die ZEIT IST ein
DORF UND die Angst HAT
das kürzeste Gesicht in
welchem Land weiß ich nicht

DIE Pfütze
IST eine Sache aus
NASSEM Licht. DAS
begreift DIE Straße nicht

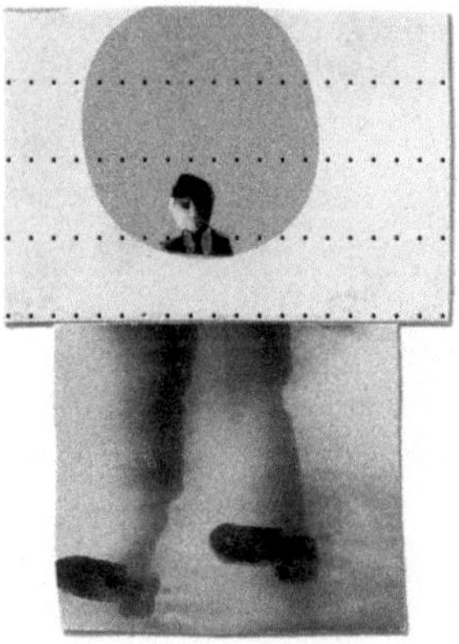

und dann BILDE ich mir EIN
EIN heller ZUFALL schneit,
– und ein weißer Hase
IST dabei – der Weiße
HASE ist dabei und
bleibt und stirbt wie Zwei

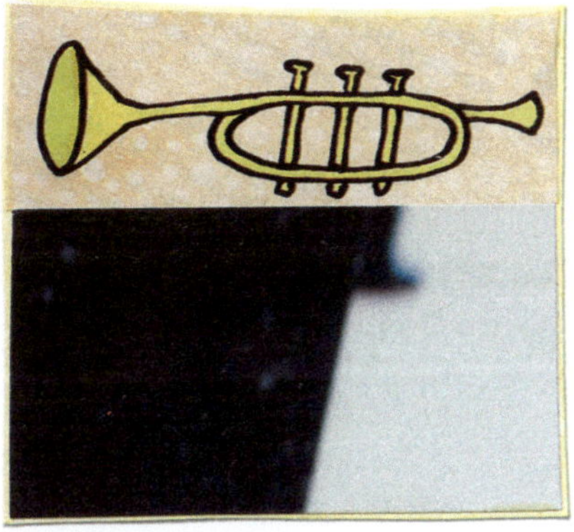

Jenseits der Melancholie HÖRT man aus dem Hungerschrei der Schwalbe diese HEIMATLOSE Mischung AUS GEIZ und Verschwendung

IM Regen liegt
der Platz hier WIE EIN
Silberzimmer ich BIN SO
fremd HIER weiß NICHT ist
der Regen NUR ein Wächter
oder schon Eigentümer

ER sagte, Wer Sein Land
verlässt dem wächst ES
INS Gesicht und der goldene
Fehler BEIM Verlieren heißt
Addieren – Ich dachte
DAS glaub ich nicht UND
sah das Zahnfleisch der Melone
weil ER
LACHTE

was weiß ich vom
Schuldzucker der Gefühle von
den Kissen der Stille jeder
folgt einem anderen Befehl der
KÄFER seinem Drahtgestell
der Himmel spielt mit DEM
roten Pelz DIE Erde mit
den schwarzen Pfoten

SIE fragen

Wie wir DURCH DIE

Grenzkontrolle kamen,

und wundern sich WEIL

Wir die Wahrheit sagen:

wir sind befreundet MIT

vierundneunzig GRASSAMEN

hinter mir
kam ein
Koffertier
der Grenzer
fragte gehört es DIR ich
sagte NEIN ER schaute
hinein und befahl ausräumen
ES war nichts drin ER riss
MIR die Mütze vom Kopf
und schrie ANFANGEN
dann weißt du wie

das LAND hängt sich
AN mich wie eine
KLETTE mein Verstand
ist LEER als OB
darin EIN Hemd im
WIND getrocknet wär

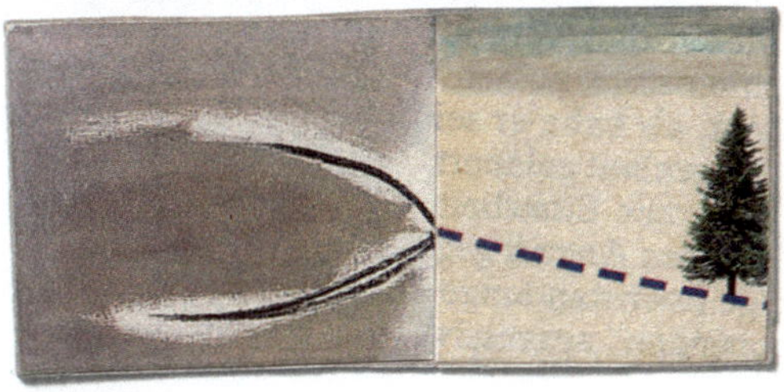

der junge SCHNEE
kennt DÄCHER
und Asphalt
DIE Zucker- Salz-
und Mehlallee auch DER
SEIDENGLANZ der Stadt
in den ETAGEN DER Nacht
ist selbstgemacht aber MAN
spürt dass etwas DARAN
gegen uns verwendet WIRD

DAMALS wusste ich IM
Abschiednehmen gibt ES
WAS Furchtdurchsichtiges

nicht nur

der Lange

SOMMER hing

VERKLEIDET IN PEPITA an

einem KRAN auch unseren

Augen sah MAN einzeln

an WOZU die BÖSEN

IN den guten Katzen dösen

im Himmel hängt ein Samtrock
in einem ZIMMER OHNE Tür
MIR scheint ich frier in den
Straßen warten Bäume sind
oben Perücken sind unten
SOLDATEN MAN spricht über
DAS schnelle GLÜCK nicht
über mysteriöse Todesfälle AUCH
DAS Gräsertanzen lügt

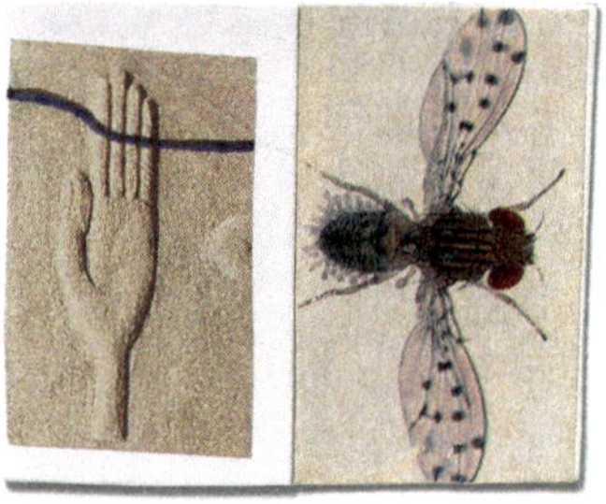

für Selbstachtung
war ich zu
dumm WUSSTE
nie, wohin das Tagheu fliegt
auch nicht warum die traurige
Schwerelosigkeit DES Glücks
nach Schafmilch riecht ich
blieb so LANGE AuF DEM
Balkan bis IM Gesicht die
Blechbearbeitung begann

der Wächter und DER Seidenfrost
iM Wohngebiet das Hämmerchen
aus Bernstein im KOPF ist
MÜD – und das Verdächtige
AN MIR hat EINE kleine
weiße Käfigtür

DER MOND wird seine
gelbe Trommel tragen später
DAS halbe Katzengesicht
später die lange Haarnadel
auch dann wird jemand
mondallein gefangen sein

Angst macht nicht
hellsichtig PFIRSICH
IM Samtkostüm
wächst schnell wie
Gras sag doch was

im Zorn

ist die SCHLINGE

der GEFÜHLE in der Mitte

und DIE Mitte vorn

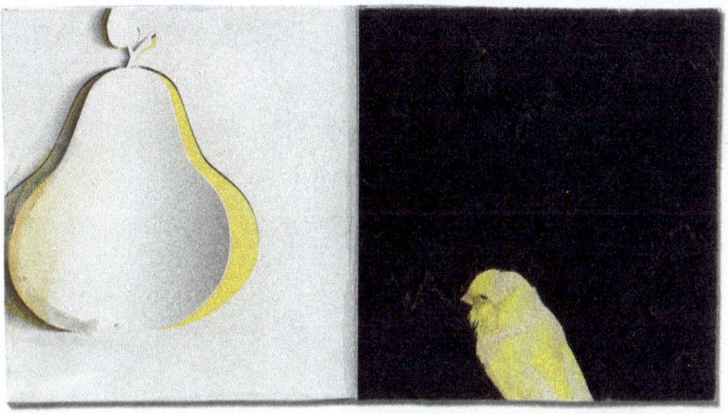

in der Melancholie
sitzt das CHAMÄLEON
aus dunklem Samt,
erzähl NIE WIE kalt seine
Schnauze IST wenn es
dir aus der HAND frißt

ACH GEZACKTES
Brombeerblatt ich
hab ES satt dass
du jetzt schon wieder
fragst, Was ICH MIT
meinem LEBEN mach

HIER herrscht NUR DAS lange
und das kurze Komitee der Zeit
DIE Zerbrechlichkeit der Dinge
DIE zweite müde, viel ZU
GROSSE Tragweite des Zufalls, das
RUHELOSE Zeug DER Schuld
DAS ungeahnte RISIKO der
Rest der WELT wohnt anderswo

ES

gibt

den gefangenen Kirschkern im

Augenweiß und ES gibt den

leicht BETÖRTEN WEISSEN

FROSCH DER LebensZeit

doch MIT einer Handvoll

Gegenwart stimmt kein

Moment überein,

ich *könnte* die wachsnasige
ZEIT der ANGST ausziehen
wie EIN verpfuschtes
KLEID – aber du hast
gesagt, bei *DER* Gelegenheit
wird auch die Freiheit HINTER
MEINEM Rücken NACKT

FRAG DIE Fahne
an der ZIRKUSSCHNUR
wieso jedes feine Härchen
am Pfirsich und die
verwegene Disziplin im
HERZSCHLAG hält wenn EIN
Staat
zerfällt

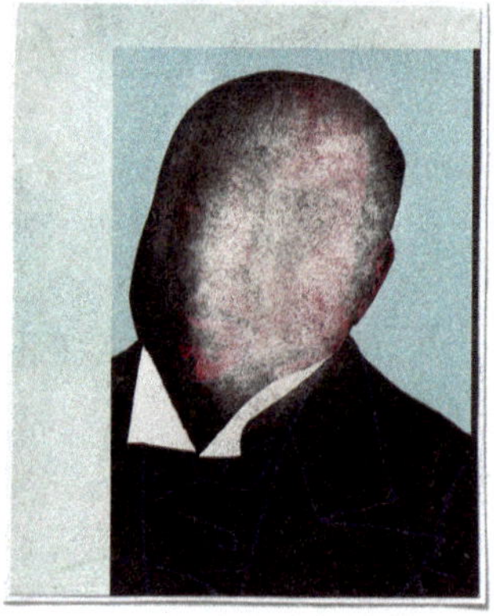

DIE *Geschichte* vom seidenen Faden in 4 WORTEN: der **Präsident** lässt morden.

während DIE

Kürbisblüte schlief war

DIE Kaderschmiede wach

meiner Meinung nach

DiE Sonne trinkt Milch
UND DER TAG GEHT
durch DIE STADT wie
EiN SCHAF DAS IN
seiner Wolle versinkt

JETZT blüht der Baum
DIE Birnen mit dem
langen HALS werden So
viele und im ECHO
DER ANGST bleibt eine
besessene Stille bitte
SAG WAS in Bezug auf das

man erzählt damals fehlte das
Geld dennoch WAR MAN ganz
zufrieden ES gab zwar schlechte aber
relevante Liebhaber stadtbekannte
Seelenverwandte Aufstocker für zarte
Gemüter durchgegangene Fuchsbriefe
sieben Tipps FÜR Tagverschieber
und leichtfüßige MUKSITIGER

vielleicht haben auch

Wörter ein schimmerndes

GEMÜT und betreiben

Amtsmissbrauch – ohne

dass man sich MÜHE gibt

im BÜRO meines
Chefs LAG ein Vogelei
im einer Kaffeetasse mit
Stroh ICH fragte WOFÜR
brauchen Sie
DAS er sagte
ALS RADIO

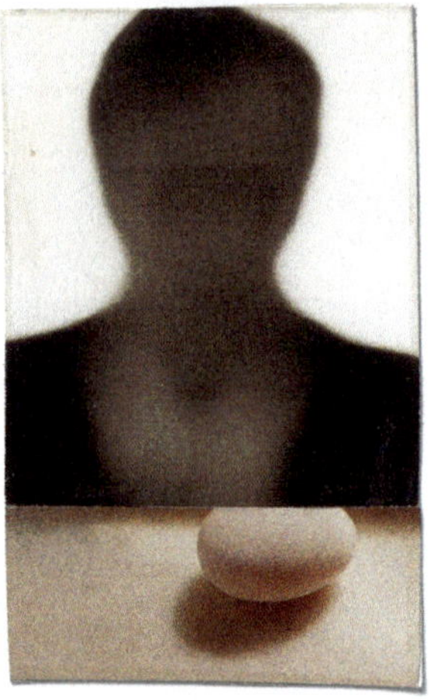

wer weiß,
welchem Staat
DIE Stille im Gehäuse
DER Birne DER Schatten
AM Gebäude der KASERNE
DIE Drahthüfte der
Wespe zu gehorchen HAT

durch DIE
Vorstadt hat
die ganze
NACHT, ein Hund gelacht
, sehr hoch UND LAUT
mir SCHEINT ER wollte
dass MAN glaubt ER weint

DER WIND MIT leichtem
Handgepäck pfeift DA und
dort und irgendwo
DER Nachbar sagt, mitten
im Maisfeld hat DER
sommer sein Büro

KALTE
SONNE mit
ihrem Aprikosenschalter der
Buchhalter hat ein Bonbon
gelutscht und *gesagt* Flucht ist
die siebenundachtzigste Version
von Heimat kennen Sie *die*
Diskussion NEHMEN Sie Platz
ABER ICH saß doch schon

Angst beruht auf Angst
bis es wehtut MAN passt
sich an wie DIE Kröten
ANS GRAS seit ALLE
schweigen, hört man mitten am
TAG über DER STADT
die Wolken schleichen

Mich gruselte
das Menschliche am
SCHLAF DER Katze nachdem
sie AM BAHNHOF DER
Kleinstadt, die Ringeltaube
gefressen hatte

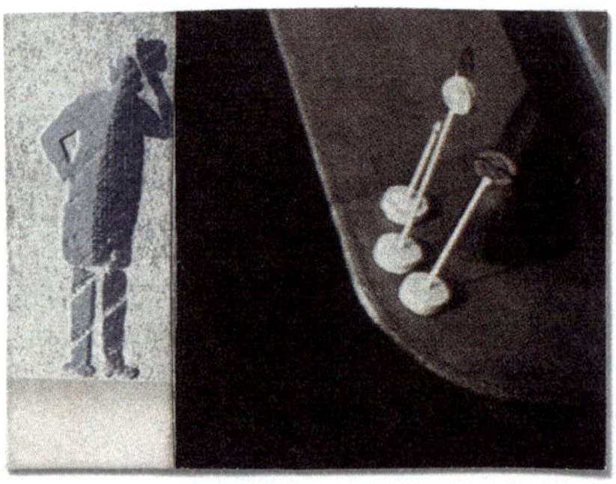

aber wieso
spielen die Gedanken
in den SÄLEN der
GEFÜHLE MIT kalten
Händen DOMINO

meine Mutter hatte
DAMALS DIESEN Dutt er
war SO schwer wie unsre
gelbe Katze der Friseur band
IHN ein MAL PRO Woche
mit einer SCHNUR AM
Hinterkopf an DIE Frisur
nannte er
SAMTKRAN

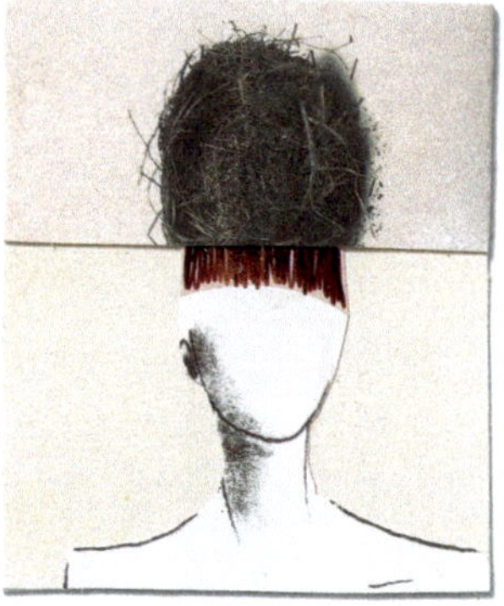

Die Stille

im Augenweiß

ist frei

die Pupille

eine kleine Null aus

Blei draußen geht

ein Schaf vorbei,

am Nebentisch saß der
dürre MANN UND aß seine
Suppe mit Appetit nicht
ER DIE Suppe war sehr
einsam die Einsamkeit
verstreute sich Sie KAM
über mich

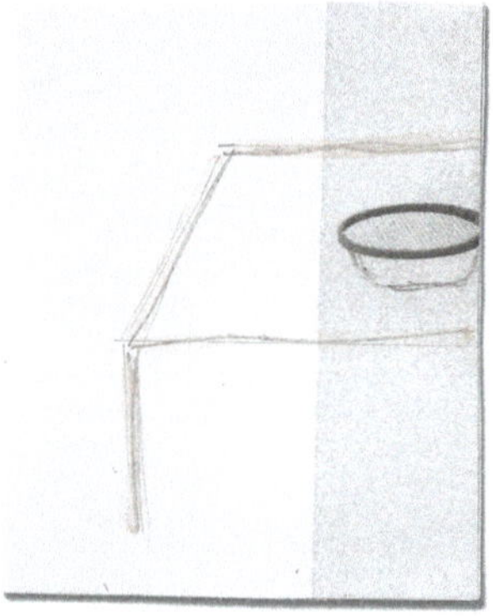

Jeder MOMENT

balanciert EINE Weile

zuerst verschwinden DIE

dokumentarischen TEILE

als ich DEN Apfel aß
saß MEINE Mutter IM Gehäuse
TOT AUF der Bank und mein
Vater nahm die Abkürzung UND
KAM barfuß in meinen Mund
und sagte ich will ihr einen
Kuß AUF die Wange geben
jetzt LEBT sie mein Leben,

NICHT nur DAS
fressende SCHAF bindet
sich den Himmel um
DEN Hals und SPERRT
seinen KOPF in den
Käfig AUS GRAS …

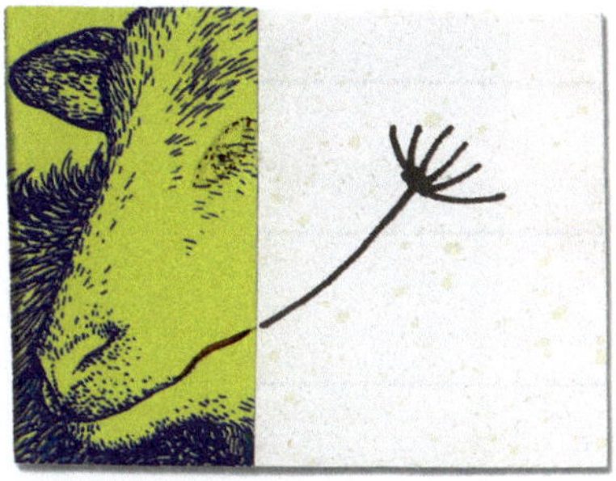

heimlich leiht
sich DIE nackte Schuld ein
Hasenfell DER Seidenhals
ein ABENDKLEID DIE
Schuhe sind zu zweit
die Stadt näht einen
SACK aus Dunkelheit

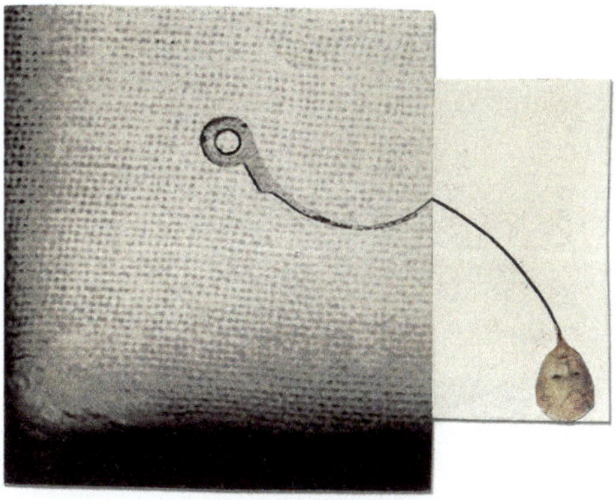

Alle reden

ICH spüre jeden Satz

ins kalte Wasser TRETEN

ins Gesicht des Präsidenten
kommt wieder EIN Hasenfälscher
MAN weiß nicht welcher, einer
IST blind und einer IST TAUB
und IN den Pfirsich kommt
der Samtschwindler und hinterm
GELBEN Bus im Städtchen
kommt DER staub

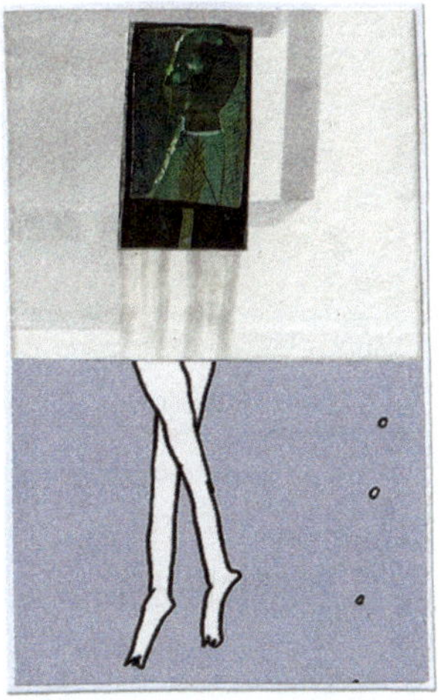

Mein Vaterland war
ein Apfelkern man
irrte umher zwischen
SICHEL und Stern

man weiß, dass die
Minister so lügen und
stehlen wie die Schwalben im
weißen Hemd durchs Maisfeld
geistern und der Regen
nackt auf dem Marktplatz singt,
– aus Instinkt

dieses Land
UND DIE erste Ecke
der ANGST UND DIE
Stirnenge und DIE LÄNGE
DES Sommers UND die
Krallen DER Brombeerhecke
UND DIE Brotkrümel
später beim SCHNEEFALLEN,

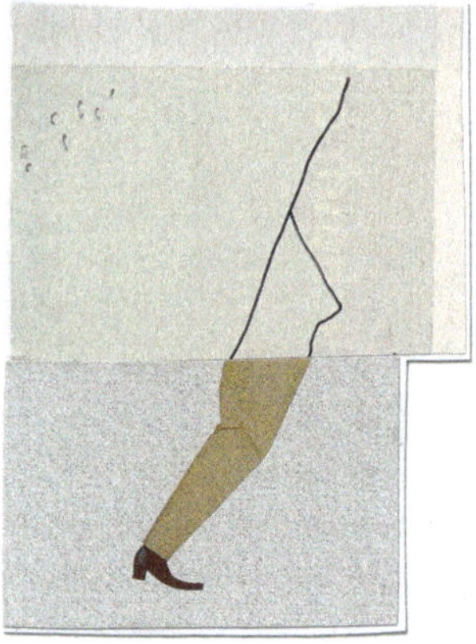

Anton erzählt
im Krieg war
der Koch auch
Truppenunterhalter und machte
EINE ART Dorfmusik für
sein Publikum in der Todesangst
blieb diese Mischung AUS
MONDFROST schwarzen
Krallen und Zitronenfalter

mir scheint MEINE Mutter VERWECHSELT was ALS ich lachte hat sie mitgeweint

auf einmal WAR IN
DER BOSHEIT
etwas undenkbar, zart
wie ein inneres SAMTKLEID

ganz ALLEIN

AUF der Straße in der

Spiegeltür der Pfütze

BELÜGT DAS Unterwegssein

der Haut

den STEIN

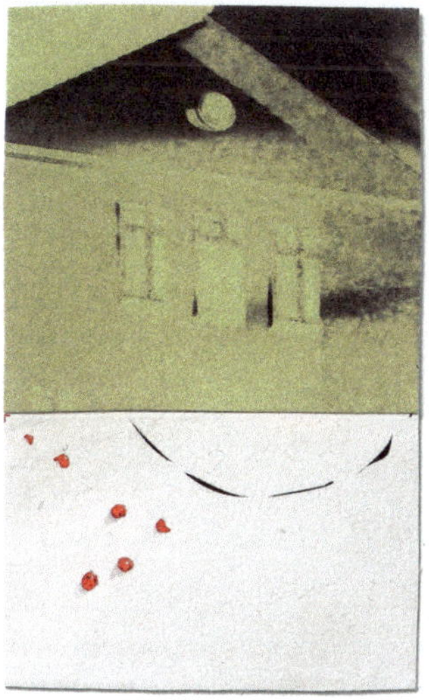

wessen Illusion
ist dieser Gegenstand aus
Brennesseln Milizmützen
und BETON mir
LÄUFT das Land DAVON

mir passiert ALLES was

viel zu schwer als

sackartiges Glück

durchs Leben zieht

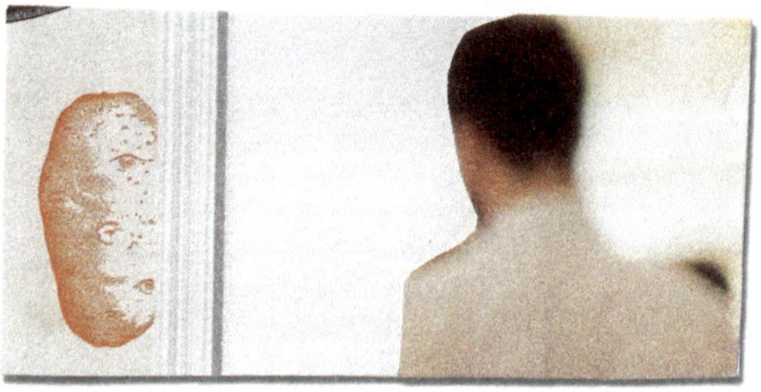

IM FRÜHJAHR stand ein vergessenes Kofferradio IM blühenden Kartoffelfeld AM Dorfrand ES sprach und sang FÜNF Tage lang unauffindbar bis DIE Batterie ALLE war

auf dem BILD sind
Mutter (sie stirbt)
Vater (er flieht)
und Kind (es spielt)

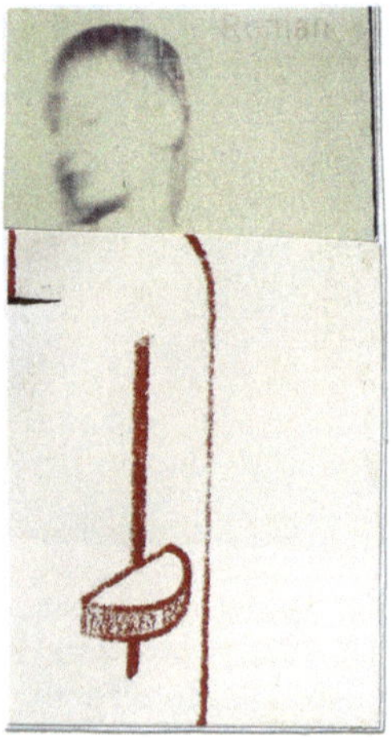

Einsamkeit ist
eine wirkliche
Begebenheit, ein
gelber Hund
läuft um einen großen
ausweglosen Gegenstand und
dann kommt das was man nur
mit den Augen erzählen kann,

im HEIMweh ist ein
blauer Saal vor dem ich
MICH hüten MUSS DER
Sommer geht barfuß
WENN DU NICHT fragst
wohin weiß ichs genauer

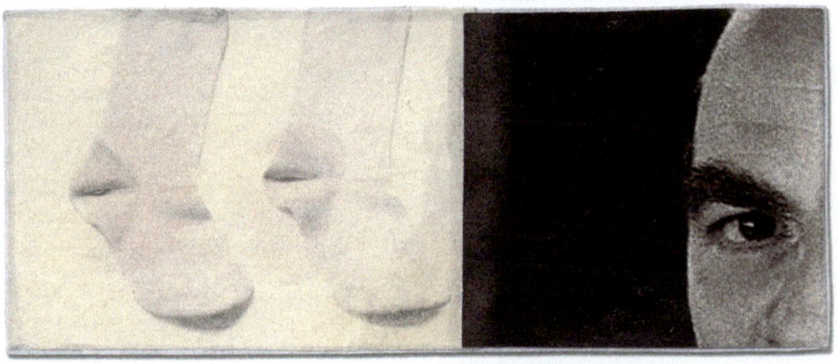

1. Auflage 2019

ISBN 978-3-446-26175-4

Umschlag: Peter-Andreas Hassiepen, München
Motiv: Herta Müller
Satz im Verlag | Druck und Bindung: CPI books, Leck
Printed in Germany

FSC
www.fsc.org
MIX
Papier aus verantwortungsvollen Quellen
FSC® C083411